KB244492

너무 멀리 걸어왔다

박   철 시   집

너무 멀리 걸어왔다

도서출판 푸른숲

自敍

　그래, 그걸 연시(戀詩)라고 썼어? 내 깐에는 수줍게
내놓은 사랑시를 놓고 몇이서 박장대소하던 생각이 난다.
나도 시대를 호흡해 썼으나, 그 언저리에 대해서 쓰고 싶
지마는 영 재조가 발하지 않는 것이다. 실로 이번에는 깃
털처럼 가볍고 경쾌한 시로 나서고 싶었다. 원래 내 행동
반경은 엄숙주의와는 거리가 먼 사람이었다. 그러니 내
문학은 존경하는 몇몇의 글벗들이 망쳐놓은 셈이다. 내
생긴 꼴대로 갔다면 지금쯤 호구지책 정도는 걱정하지 않
아도 되지 않았을까. 편의점 진열장에서 빙글빙글 돌아가
고 있는 내 시집이라니.

　시집을 너무 자주 낸다지만 정작 글을 써야 하는 내 처
지가 안타깝다. 허나 누군들 몇 개의 레테르를 붙이고 건

강하게, 강건하게 살고 싶지 않았겠는가. 내가 세상 사는 일에 눈먼 장님이라면, 그리고 시가 내 자식과 같다면 이 시집은 문예진흥기금 3백만 원에 팔려가는 심청이다. 참으로 애틋하고 대견하다. 문학의 힘이란 그만큼 위대하다. 우리가 문학을 위해 목숨을 바치는 것 같지만, 사실은 문학이 우리를 위해 모든 것을 바치는 것이다.

컴맹이 사라지고 다시 문맹이 온다는 이 시대, 이상하게도 시를 쓸 때면 꼭 아수라판에서 혼자 콩 까먹고 있는 것 같아 기분이 좋다. 내겐 살아 있는 즐거움의 전부다. 아름다운 그대들, 다시 만날 때까지 안녕.

1996년 9월
김포에서 박철

3

4

1

까막딱따구리

까막딱따구리가 찾는 안식처는
까막딱따구리의 것이 아니다
마른 잎새 다시 젖어드는 날들
홀로 푸르고 깊은 숲에 앉아
까막딱따구리 부리를 세워
느릅나무 목질부를 쪼아댄다
낯선 바람이 휘돌고 간 저녁 무렵엔
까막딱따구리 잠시 하늘을 보며
언젠가 돌아올 당신을 생각해
까막딱따구리 밤과 낮 얼굴 감추면서
빛 바래 어둠이 흔들리는 새벽 숲에
고요를 지우며 까막딱따구리
쉬지 않고 소리를 내지
어차피 세상은 헛된 풀무질이 아니었던가
이곳은 영원히 산 자들의 나라
제 쉴 곳 아닌 줄 알면서도
즐거이 땀 흘리며 저어 보는 몸짓은
까막딱따구리 가슴 속을 쪼아대는
단 하나의
누군가 있기 때문이다

상수리나무 중간키에

지금쯤 고향의 상수리나무 뿌리는
언덕을 내려와 온 들판 밑을
끌어안고 있겠지
이 지구를 움켜쥐고 있겠지
나, 그 상수리나무 중간키에
첫사랑 이름 석 자 새겼으니
그 이름 물관부를 따라 흐르다
내게 다시 돌아오겠지

나는 잠 깨리라
상수리나무 열매 씹으며
텁텁한 향수, 첫사랑의 기억에 미소지으리
인공폭포 지나 가양동으로 오다가
나는 가끔 쓰러져
상수리나무 뿌리가 전해 주는
옛사랑의 노래를 듣네

그녀의 심장은 아직 따뜻하다
하얀 운동화끈도 순결하다
오뉴월 염천, 엄동설한에도 버티었겠지

그 옛날 내 사랑 이름 석 자 새겨놓은
깊은 뿌리 상수리나무
거기 중간키 아직 휘어져 있고
아직 멧새 둥지 틀어 주겠지
고향 뒷산의 중간키
뿌리 깊은 상수리나무

너무 멀리 걸어왔다

이렇게 때 아닌 비가 오는 밤엔
이별도 한갓 남루에 불과합니다
두 손 주머니에 질러넣고
흐르는 물길따라 걷다가
우리를 씻어 주고
하수구로 흘러드는 물빛을 보면
슬픔도 사치에 불과합니다
골목 끝에 한 어둠을 세워 두고
너무 멀리 걸어왔지만
이렇게 막막한 새벽엔
사랑도 한갓 바람에 불과합니다

꽃뱀

맑은 물 모여 흙탕물 된다
뭐, 이런 얘길 나누며 산길을 간다
봄꽃 지고 누렇게 송홧가루 날리는 개화산
듬성듬성 밀어붙인 능선을 돌아
맑은 물 한잔 주우러 덜렁덜렁 물통 들고 오른다
아냐, 흙탕물 모여 맑은 물 되겠지
실없이 이런 얘길 나누며 땀을 흘린다
야아, 많이도 날아가네 저것들
요샌 괌이나 시드니로 놀러간대
여자는 바위 위에 올라 비행기 꼬리에 눈을 주고
그녀의 치마가 마릴린 먼로처럼 펄럭일 때
사내는 돌아서 산 아래로 오줌을 눈다
오줌이 모여서 약수가 된다
뭐가 좋은지 여자는 끼득대며 먼저 오르고
사내가 잠시 초여름 그늘에 몸을 누이니
장마가 온다는데 하늘이 맑다
한치 앞을 못 보고 사는구나
야윈 팔 비트니 구름도 탐스럽게 간다
사내가 일없이 가슴 멍들이며 뒹구는 사이
여자가 내려와 물 한 잔을 건넨다

불합격이 물맛은 좋아 그지?
여자가 다시 치마를 펄럭이고
물맛 좋은데 여기서 한판 할까?
세상 등진 두 사람이 숲으로 사라질 때
주인 없는 밤나무에 화사(花蛇)가 감긴다

물 한 잔의 추억

'나는 사랑을 원치 않았네'
한 줄의 글귀로 뒤척이다가 잠이 들다
기차가 달리고 4호차의 난간에 매달려
함께 달려가는 산맥, 광야, 철조망
뛰어내릴까? 뛰어내릴까?
그러나 떠오르는 맑은 물 한 잔의 기억
맑은 물 한 잔의 사랑

4호차 난간에서, 끝내
슬며시 등떠미는 손을 보고 잠이 깨다
산다는 것은 별것이 아니라는데
내 시가 이렇게 어렵게 쓰여지는 것은
부끄러운 일이다

봄, 그 낯선 계절

봄이다 이별이다
커튼을 걷어내리고, 베란다에 물을 뿌리고, 유리창을 닦
고, 겨울옷을 세탁소에 맡기다

봄이다 절망이다
겨우내 동여맸던 꽃사과나무의 새끼줄을 풀고, 전화번
호부를 정리하고, 갈아엎는 들판을 바라보지만 절망이다

봄이다 끝이다
창가에 앉아 새로운 햇살 받아가며 벗이 보내온 시집
읽지만 마음의 빗장 풀리지 않는다 자동차가 힘있게 달려
나가고, 비행기는 또 더 넓은 세상으로 날아가는데 새싹
돋아나지 않는다

봄이다 아픔이다
옛사랑의 낯선 편지가 오고, 그 아련한 현기증의 짜릿
함 벽에 기대 잠시 걸음을 멈추어 보지만 길의 끝은 보이
지 않는다

봄날

그 밤 이후
그러니까 연분홍 치마가 봄바람에 휘날리더라
봄날은 간다 이런 노래를 부르던 끝에
주먹다짐을 하고 돌아온 날 이후
꿈 속에 늘 물이 보인다
이부자리를 겨우 찰랑이며 물이 넘치는데
그게 바로 누군가의 눈물인 것이다
눈물은 마를 듯하다가도
돌아누우면 눈앞에 흐른다

연분홍 치마가 휘날리고
술 취해 주먹다짐을 하던 그 봄날에
누군가는 그렇게 울고 있었나 보다

정
— 궁선영의 목소리

　궁선영은 늘 손 둘 곳을 몰라한다 세상이 낯선 사람
의 몸짓 같다 틈만 나면 고개 숙이는 얼굴이 붉다 그
게 더 보기 좋다 그는 그런 말을 들려주고 싶다 세상
은 나는 이보다 기는 이가 더 많다는 것을

　그가 잠들기 시작하는 시간은 아침 일곱시쯤, 때문에
빈 방에서 홀로 제일 먼저, 제일 늦게까지 만나는 사람
은 수줍은 궁선영이다 그는 텔레비전에서 흘러나오는
그녀의 나직한 목소리를 자장가삼아 잠이 든다 그는
꿈을 꾼다 그녀의 손길이 와닿고 그녀가 등살을 두드
려 주고 눈물을 닦아 주는 것이다 오죽 정 붙일 곳이
없으면 그러겠느냐만 하여튼 그녀의 목소리는 아련한
어머니의 손길이다 어머니는 떠났다 그는 두렵다 언제
그녀가 다시 그의 곁을 떠날지 그는 알고 있는 것이다
그리고 지워지지 않는 어머니의 얼굴이 벅찬 것이다

짝사랑
― 김남주 형을 그리며

갑은 을을 싫어했다
을이 건강을 돌보지 않는다는 이유였다
그러나 불행히도 을은 그 이유를 알지 못했다
어쩐 일인지 갑은 세상을 떠나기 전
마지막 일기에 을의 이름을 적어 주었다
을은 뉘우쳤다
이 세상에
짝사랑이란 없는 것이다

길 건너 그 집의 낙화(落花)

“모든 것을 의심하라”
청춘은 가고, 그 청춘의 남긴 것은
로자 룩셈부르크의 이 한 마디이다

사랑과 혁명 1
― 남편 요셉은 의로운 사람이라 저를 드러내지 않고
  (마태복음 1장 19절)

요셉이 예수의 의붓아버지로
들어온 후로 인간은 자중자애를
미덕으로 삼았으니 이는
사랑의 혁명이었다
사랑은 깊고 조용한 혁명에서 비롯되며
혁명은 의로운 사랑으로 일어선다

들판을 물들이는 것은
폭풍우가 아니라
봄날 뚝길의 쥐불이다

불꽃은 떠돌다가
다시 탄다
불꽃은 타오르고
눈보라 속에서도
몸이 뜨겁다

사랑과 혁명 2

저 빗줄기 내려
새싹이 나고 목마른 자의 혀 끝을 적시니
눈 앞에 보이는 것은 혁명이요
그 뜻은 사랑이다
당신이 지금 누군가에게
맑은 물 한 잔을 건네고 있다면
당신은 상해 임시정부의 끄나풀이요
사랑에 온 몸이 멍든 연인이다
당신은 온전한
한 손이라도 지니고 있다면 볼 수 있다
손등과 손바닥의 관계를
범상치 않은 사랑과 혁명의 자리를

저 싸락눈 내려
세상의 온갖 사사로움 물리치니
사랑과 혁명은 저리
옷깃 여미는 추위가 있다
날카로운 비수가 그 안에 숨겨져 있다
우리가 쥐고 있는 것은 칼의 양날
때론 피와 살이 흔들리고

저머는 아픔이 있으니
저들은 저들만큼이나
스스로 탄다

사랑과 혁명 3

우리가 머리를 어깨 위에 얹고 다니는 것은 대저, 그 속엔 온통 사랑뿐이라 사랑이 위대하고 끈질긴 고로 숭모하여 처신하는 것이고 아래로 널찍하니 가슴팍이 놓인 것은 젖은 들판의 쑥부쟁이 하나라도 일없이 업수이 여기는 것을 못 보아 항용, 갈아엎는 심지가 붙었음이라 아뿔사 이 둘만 합쳐도 인간의 몸뚱아리는 기울어지니 사랑과 혁명이 목숨 있는 자들의 처음과 끝이요 일찍이 한몸인 것이다 허나, 하긴 사랑을 그저 쓰다가 남은 몽당연필 정도로 말하는 애비 없는 후레자식도 있거니와 이는 肺胞의 胸을 모르는 자요 한 번 물속에 깊이 처박아 대기의 공교로움을 알게 하며 혁명 또한 불요불급이라 박박 우겨 쉬운 이치에 혁명하려 하는 자 있거니 이는 이유 없는 생매로 그 매의 불요불급을 알게 할지라 그러나 머리와 가슴은 그 처신과 모양이 틀려 누군 머릴 디밀고 누군 가슴을 먼저 디밀지마는 끝내는 사랑과 혁명이 만사에 한 가름이라

종각에서 탑골까지

이 길 처음이겠지
차창에 기대면 꼭 옛 생각난다
옛 생각 하다 보면 꼭 그 사람
눈 먼 그 사람과 나누던
맑은, 아주 맑은 물 한 잔의 기억

지상에 유배된, 그러나 천사

반 고흐의 귀때기 같은
잘려나간 생이라니
아, 그러나
너는 마지막 용트림으로 석쇠 위에서 탄다

우리에게 아름다움을 볼 수 있는 눈만 있다면
사랑을 이야기할 수만 있다면
너에게 내밀 손바닥 하나만이라도 주어졌으면

난 사랑을 원치 않았네

어제는 좁은 길을 걸었습니다
눈 내려 야위어진 모퉁이 지나
발자국 남기면서 걸었습니다
한 손엔 지난 가을의 낙엽을 들고
가슴까지 적시며 걸었습니다
멀리 그대가 울려 주는 작은 종소리
그대가 들려주는 아픈 귀엣말
달아나며 나의 길을 걸었습니다

어제는 당신 길을 걸었습니다
돌아서도 보이지 않는 그대 뒷모습
발자국 따라가며 걸었습니다
한 손엔 그대가 준 마지막 노래
낙엽 속에 지우며 걸었습니다

사랑은 큰 일이 아닐 겁니다

사랑은 큰 일이 아닐 겁니다
사랑은 작은 일입니다
7월의 느티나무 아래에 앉아
한낮의 더위를 피해 바람을 불어 주는 일
자동차 클랙슨 소리에 잠을 깬 이에게
맑은 물 한 잔 건네는 일
그리고 시간이 남으면
손등을 한번 만져 보는 일

여름이 되어도 우리는
지난, 봄 여름 가을 겨울
작은 일에 가슴 조여 기뻐했듯이
작은 사랑을 나눕니다
큰 사랑은 모릅니다
태양계에서 가장 아름다운 별이라는
지구에서 큰 사랑은
필요치 않습니다
해 지는 저녁 들판을 걸으며
어깨에 어깨를 걸어 보면

그게 저 바다에 흘러넘치는
수평선이 됩니다
7월의 이 여름날
우리들의 사랑은
그렇게 작고, 끝없는
잊혀지지 않는 힘입니다

사랑

그대가, 그리고, 그러나, 그러니,
그래서, 그래도, 그렇게, 그렇지만,
그렇다고, 그러니까, 그러면, 그러면서,
그런데, 그렇지만, 그럴수야

새벽 강가, 안개 속의 춤
곁이 어두울수록, 눈빛이 빛나고
사랑할 때와 헤어질 때의
너와 나의 미소
그 어느 시대에도 이런 화해는 없었다
　(조심하시라, 물증 속에 그대가 있으니. 내가 아는 사람은
신촌 대신동에서 일년 동안 여관 조바생활하면서 투숙객들 목
소리를 도청, 녹음하였는데 사랑은 극단적이라는 것. 열렬히
좋아한다고 말하거나 아니면 두들겨 패는 소리가 전부였다. 그
속에 당신이 있다.)

사랑은 그렇게 무쇠단지에서 끓는 너이거나
냉동창고 안에 들어앉은 나다

2

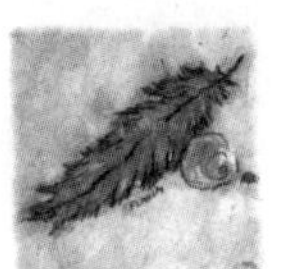

낙서, 유년

어린 시절 나는 빈 종이만 보면

이런 그림을 그렸다
항상 누군가에게
주먹을 날리고 싶었던 모양이다
그러나 그 주먹이
누굴 향하고 있는지 알지 못했다

낙서, 성년

나는 요즘 빈 여백만 보면 불지불식 간에

이런 그림을 그린다
공이 하늘 높이 날아가는 것이다
멀리 날고 싶다거나
인생에서 히트치고 싶은가 보다
그러나 나는 또 모르겠지
저 공 날아가는 곳
발 빠른 수비수의 눈동자를

대문 밖 구두 한 켤레

옆집, 초상집 문 앞의
구두 한 켤레
그리고
찬밥 한 사발
뒤로하고 천막 속의 웃음소리, 화투 치는 소리
그리고 천막 밖의 엉클어진 신발들
우리네 인생이란
그 신발들,
찬밥 한 덩이 먹여 가지런히
문 밖에 놓는 일

아이와 꽃과 비행기

예배당 지나 좁은 길을 돌아
아이와 손을 흔들며 걷는다
담장 밑 그늘가에 하얗게 내민 손
아이는 달려가 민들레 홀씨에 고개를 디민다
훅, 하고 바람을 일으키자
홀씨는 다정스럽게 구름따라 나선다
홀씨 날아간 하늘 끝에 비행기 난다
발돋움하여 아이가 뛰어오르고
홀씨는 더 멀리 날아간다
언제부턴가 아이는 꿈꾸기 시작했다
더 멀리 날아가고 싶어하는 아이의 가슴에
꽃과 구름과 비행기가 오가고
아이는 벌써 잊혀지는 그리움에 젖는다
세월이란 이렇게 빨리 가는구나
그 누가 가르쳐 주지 않아도 아이는 안다
더 멀리 날고 싶은 마음의 뒤편에
떠나는 모든 이의 뿌리
돌아서는 사랑의 힘이 있다는 것을
그때부터 이미 아이가 아니라는 것도

까치

말복이라고 찾아온 이종사촌과
천렵 대신 산 너머 토종닭집을 찾았다
산 하나 넘어도 하늘 전혀 푸르지 않고
유리공장서 28년째 유리공을 불었던
이종사촌 앞에서 텃세하듯 호기를 부렸다
여기이……, 토종, 나 알지요?
등까지 검게 그을린 주인이 냉큼
뒷마당으로 달려가 닭을 쫓는다
붉은 닭 토종닭 허리 굽은 닭
주인 발소리에 놀라 푸드득 마당가를 돈다
붉은 닭 토종닭 주인 잃은 닭
넓게 둘러쳐진 철조망이 좁다
겨우내 제법 굵어진 토종 발톱
이리 뛰고 늙은 주인 저리 뛴다
우리가 저 토종닭 같으이
권고사직당했다는 이종사촌의 손톱을 바라보는
개화산 너머 토종집이다
마당 너머엔 온갖 벌레 먹은 상수리나무
그 가지에서 입조심하는
웬 까치가 한 마리

졸고 있다

밴댕이회

강화 옥동 포구 밴댕이회
고만고만한 인간 몇이 모여 입을 벌린다
갈매기 울어 젖는 허리 굽은 물이랑이라
누런 막장 발라 밴댕이로 배를 채우며
물 건너, 임진강 건너 바라보며
물결치는 통일에 대해 떠들어댄다
그러나 이미 몸만 살찐 얼굴들
소주 한 병 끝내 비우지 못하고
무릎을 당겨 턱을 고이고
지그시 눈감아 폼을 잡을 때쯤
끼룩 끼룩 끼루룩
누군가의 허리춤에 비상 벨 소리, 호출기 소리
이쪽 저쪽
헤집던 갈매기들 몰려나가고
빈 배 기울어 고이 잠든 오후
강화 옥동 포구
서둘러 밴댕이회나 먹어 보자

빛과 그리고 그림자

행주대교를 건너는데 우리는
두 시간이고 세 시간이고 기다린다
심수봉의 테이프를 틀어놓고 기다린다
일간 신문에 나오는 모든 실상을 들여다보며
능히 그럴 수 있는 일이라 생각한다
연전에 미국이 한반도의 전면전을 고려했다는 기사를
보며
밥 먹던 숟가락을 놓아 보는 이는 없다
그려지는 것은 멋진 영화 한 장면?
이제 더 이상 우리의 죽음은 우리의 죽음이 아니다

자꾸만 떠오른다
연초 또 응급실에 실려갔을 때
젊은 주검 곁에서 새우깡을 나누어 먹던 간호사들
오, 나의 아내들 천사들 우리 모두
더 이상 느낄 수 없는
빛과 그리고 그림자

그

'나는 이미 세상을 알아 버렸고 세상은 나를 버렸지'
그를 만나러 겨울 바다에 오는 일은 무모한 짓이었다
더 깊은 골짜기로 가는 배
늙은 소나무에 기대어 찬 우유나 마시려고
바닷바람 따라서 먼 길을 왔나
오늘은 월급날
두 아이의 세상을 위해 몸 바쳐야 하는 시간
그의 전화를 받고 달려온 것은 잘못된 일이다
2억 7천, 얼마까지 별을 세었다는 거짓말로
이승의 저녁 하루를 때우고
저렇게 바다를 향해 섰는 그
이제
'세상은 이미 나를 알아 버렸고 나는 세상을 버리네'
이런 마지막도 지겹다

비만한 세월

그 여자의 몸은 더 이상 불어나지 못할 것이다
육교보다는 건널목을 이용해야 하고
아침도 슬로모션으로 먹지
점심엔 몰래 살을 한 점 베어 버리고
틈을 내 자위행위를 한다
목구멍 깊숙히 손가락을 집어넣어 토해내는
오물은 삶을 지탱하는 고통일 뿐
이 신선하고 안락한 세월엔
살만 쪄
사랑만이 그녀를 구속한다
행복이 그녀의 다리를 접게 하고
원형질은 찾기 힘든 먼 나라
비만한 세월 몸은 더 이상 불어나면 안 돼
만수(滿水)야, 잠수교도 잠겼어
그러나 정작 위험한 이는
뚝 너머 도시의 사람들
그녀의 몸집이 기울어지면
우리는 모두 죽는 거야
아 그 여인의 살찌는 이데올로기라니
그녀가 아스팔트를 첨벙첨벙 걸어갈 때에

보여 새로운 21세기야

챔피언과 시인

가장 아름다운 별에서
가장 늦게까지 불을 밝히는
지상의 한 칸은 챔프소주방이다
한때 동양챔피언으로 종횡무진
세상을 넘나들던 그가
주방에서 나올 때 시인은
지하실의 문을 밀고 들어선다
가장 늦은 시간, 아니면 이른 시간
가슴 얇은 사람들의 소란은 계속되고
그 나루터에 석화 한 접시, 소주 한 병
그리고 시냇물이 흐른다
시냇가에서 시인의 눈이
풀어지기 시작할 때
챔피언이 슬며시 물가에 마주한다
항용 그러듯 챔피언은 시인의 손을 잡는다
세상을 살기에 우리의 손은 너무 불편하다
아, 그러나 젠장 이 지구가
가장 아름다운 별이라니
시인이 주춤주춤 카운터로 갈 때
챔피언은 다시 주방으로 들어간다

이제 챔피언의 링은 주방이고
시인은 늘 그로기 상태다
이제 세상에 그들의 체급은 없다
어디에도 주먹을 내밀 곳은 없다
단지 허공을 향한 몸짓으로
문 밖에서 서성이다 돌아가는 것이다
별똥별 하나 쓰러지지 않는 밤
누가 이기고 누가 지겠는가

삼한사온

바퀴와 축
모퉁이를 돌 때 바깥쪽의 바퀴는
안쪽의 바퀴보다 더 빨리 회전해야 한다
그대 지금 모퉁이를 돌아가고 있는가
모퉁이를 돌 때 안쪽의 바퀴는
바깥쪽의 바퀴보다 더 가슴이 저며온다

도르래
옆집의 우물에는 도르래가 있었고
우리 집에는 없었다
벌써 한참은 지나 버린 오늘
삼한사온의 추운 첫 날
두레박 끌어올리던 어머니의 손길이 완연하다
겨울에도 새벽은 밝다

기타 등등……
삼한사온의 따뜻한 첫 날
늘 그렇게 포장되는 잎사귀들과 몸 비비다
봄이라는데 벌써 입이 째지는데
세상사 무거워 일간지를 툭 떨어뜨리고

돌아서 바라보다 그냥 내처 걷는 이 있다
아, 21세기를 바라보는
기타 등등이라니

사동

살 붙이지 않아도 함께 살다 보면
우리가 떨어져 살아야 하는
이유를 알게 되는 때가 있다
단독에서 연립으로 이사오면서
나는 차마 보지 않아도 될 일들을 본다
연립주택의 지하에는
한 칸 방들이 줄지어 있다
사동이다
거기서 풍기는 냄새는 사동의 냄새다
사동에 사는 사람들은
언제나 분노하고 외로워하고 술에 취하다가
제풀에 겨워 그곳에 독방에, 들어온 사람들이다
우리는 그 술취한, 프로판 가스 위에 산다
언젠가, 누군가 가스 밸브를 열어 둔 채
술 취해 담뱃불을 댕기리라

옆집에선 언제나 삼한사온으로 주먹다짐이다
이쪽에선 밤마다 아이의 울음소리
건물 전체가 폐렴을 앓는 중이다
그 안에서 우리의 폐부에서

나는 점액질에 호흡이 곤란하다
서로가 서로의 손을 잡아 주지 못하는 사동에선
차라리 멀리 떨어져 사는만 못하다
하필 비는 위에서 아래로 내리나
세상의 모든 구정물은 지하실로 간다
구정물은 밤 늦도록 땅 밑에서 끓다가
언젠가 맑은 물이 되어 솟아오를 것이다
그때까지 모든 세상은 사동이다
사동의 족쇄 풀리는 날
비는 아래에서 위로 흐를 것이다

소화비디오

소화비디오에는 유난히 성인물이 많다
그래서 유난히 청소년이 많다
주인은 하루종일 수화기를 붙들고 있다
부모들과 싸우는 것이다
소화비디오 주인은 청소년의 방패다
아이들이 등 돌리지 않고 움츠리지 않고
비디오를 빌리는 곳은
우리 동네에서 소화비디오뿐이다
나, 돈 벌려고 젖통 보여주는 것 아니야
어깨 펴고 보라 이거야 씨발
아이들이 키득거리고 그러면
벽에 걸린 여인들이
사타구니를 벌린다
소화비디오 주인은 그렇게
세상에 막되먹은 사람이다

쥐덫

쥐덫을 놓아야겠거니
요즘도 쥐덫을 팔까
내일은 꼭 태화건재상에 가봐야지
그런 저런 생각에 뒤척이지만
지하실 방에서 부스럭대는 소리가 끊이지 않는다
고무줄 끊어진 체육복, 허리춤을 잡고
주춤주춤 계단을 내려가니
심씨 아저씨 불 밝히고 하수구를 파고 있다
이 시간에 뭐해요?
응, 겨울 미꾸라지가 좋지

아, 그의 번쩍이는 눈빛이라니!

새벽 시인

꼭은 아니지만 대개 일주일 간격으로
정확하지는 않지만 새벽 5시 30분 전후로
전화를 걸어오는 시인이 있다
상황은 안 봐도 본 듯하다
술판이 끝난 것이다 세상도 끝이겠지
늙으신 부모님도 있고 아이도 기르다 보니
수화기를 내려놓을 수도 없다
새벽, 벨이 울리면
얼른 수화기를 들었다가 놓지만
몸 뒤척이다가 잠 못 이루는 날
그의 쉰 목소리를 들어준다
새벽 시인의 목소리는
그가 살아 온 인생처럼 한결같다
우리가 뭘 잘못했느냐 이거야
우리가 뭘 잘못했느냐니까
그래, 모르겠지만 맞아, 모르겠어
이런 저런, 횡설수설로 새 날을 맞을 때
아이가 울고 아내는 젖병을 들고 나서며
고개를 젓는다 그러면 나는
이불을 뒤집어쓰며

새벽 시인의 말투를 되뇌어 흉내를 낸다
글쎄 내가 뭘 잘못했느냐니까

김포 기사식당

길 건너 아스라한 심야 기사식당
홍콩야자 화분에 빛 바랜 축하 리본
한 2년쯤 지나 보이지
삼환 택시회사 증정거울도
한쪽 귀퉁이가 깨어져 있다
쓰린 속 움켜 쥐고 슬리퍼 끌고 들어서면
새벽 4시
시끌벅적 화기가 돈다
노란 옷차림의 기사들이 웅성거린다
일이 끝난 이는 술잔을 기울이고
이제 시작인 기사는 얼굴이 무겁다
몇 번 마주친 중년 기사 한 분이
옆자리에 앉았다가 고개를 돌린다
이 시간에 웬 식사요
저도 일해요
무슨 일인데 밤을 새우나
그런 일이 있어요
그래, 정신 차려 조심해서 해요
그래요
김포 기사식당에는

이 시대의 기사들이 모이고
나는 그곳에서 잠이 든다

산촌

오늘도 죽음에 대해서 생각한다
그러나, 그러니
새롭지 않다
이제 죽음이나 사랑이나 다 느끼하다
벗겨도 벗겨도 지워지지 않던 향기
그 속쓰린 사랑과 죽음을 생각하며
산을 넘는다
지세로 보아 까투리 한 마리 살 것 같지 않은
골짝에 연기가 오른다
산촌이다 두어 가구
도시에서 밀려와 숨어사는 사람이 있구나
부러진 가지 일으켜세우고
버섯 곰팡이에 물을 뿌리는
산촌에도 해가 지는 가을 저녁
물소리가 곱다

3

사내가 이상하다

단독주택에서 연립주택으로 이사온 후
사내는 실없이 웃는 버릇이 생겼다
벽 보고 누워 있다가도 혼자 키득키득
텔레비전의 이별 장면을 보다가도 비시시
설거지를 하다가도 아이의 단추를 채우다가도
특히 잠자리에 들어 반듯이 누워 있을 때 심하다
사내의 머리 속엔 사람 위에 사람 있고
사람 밑에 사람 있는 것이 웃기는 것이다
그때마다 아이는 달려가 여자의 바지춤을 잡아당긴다
또 아빠가 이상하다아——
그러면 이젠 여자가 푸드득 웃는다

그림자의 집

나는 세 여자와 산다
세 여자는 한 사내와 산다
둘은 내 딸이고 하나는 아내다
넷이 앉아 라면을 먹다 보면 무슨
공사장 같다 좋게 말하면 논바닥에서
새참 먹는 떨거지들 같다
한 사내와 세 여자는 언제나 공사중이다
부실공사다 일을 마치고
우리는 혼숙을 한다
제일 나이 어린 아이가
제일 성실한 일꾼이다 아침 일찍 일어나
나머지를 깨운다 공사장 가자
그녀가 외치면 우리는 또 어떤 집인지
모르는 건물의 기둥을 세운다
서로의 힘이 틀리다
나는 공사장의 훼방꾼이다
나는 공사장의 짜투리 철근까지 주머니에 슬쩍한다
아이들이 이 공사장의 율법을 배우고
또 라면 먹는 시간이 오면 우리는 즐겁다
그게 유일한 휴식 시간이니까

풍금 소리

눈내리는 날이면 내 가슴 속에서
드르륵 드르륵 들려오는 풍금 소리
거기 첫 발자국의 학교 마당이 놓여 있고
나는 더운 입김과 함께 점액질의 노랠 부른다
노래소리는 아득하고
추위에 음색이 떨린다
아내는 일어나 페달을 밟는다
조금 기운을 차리고 동공에 힘을 주지만
아이들 떠난 내 유년의 교정에서
뒷산 갈참나무 갈라지는 박자에 맞추어
잠깐 숨을 죽이다가 다시
드륵 드륵 내 가슴에선
점액질의 풍금 소리가 들린다

달개비가 죽어 간다아……

만 36년 7개월 만에 고향을 떠났습니다
약국이 있고 병원이 있고 슈퍼가 있고
아내는 대한독립 만세를 불렀습니다
켄터키 치킨이 있고 유치원이 있고
아이는 우리 집 만세를 불렀습니다
떠나올 때 뒷산에서 한줌 흙과 실려 온
달개비가 창가에서 잘 자랐습니다
나는 그냥 만세를 불렀습니다
아닙니다 연립주택 만세를 불렀습니다
겨울이 되었습니다
창가의 달개비가 죽어 갑니다
아이가 소리를 질렀습니다
달개비가 죽어 간다아……
이제 우리는 만세를 부르지 않습니다

입춘대길

　그애 나던 해 아버지 등창으로 돌아가시고 그애 네 살
되어 어머니마저 돌아가시고 나랑 큰댁에서 얻어먹을 때
난리가 났느니라 원래 우리가 평산 신씨에 끄트머리가 균
자 돌림 아니었니 그애만 입춘대길 따서 대길이라 불렀단
다 나 임진강 넘을 때 그애 나이 열 살, 그 나이에 죽었
겠지 살았겠니
　그래도 혹 통일 되면 석산면 용동리 들어가 대길이 한
번 찾아봐라 입춘대길의 대길이다 대길이, 입춘대길 잊지
말아라 아들아

아카시아 필 때

오지 않는 버스를 기다리며
주머니 깊숙이 토큰을 세어가며
늘어져 힘겨운 시계바늘을 바라본다
어?
아카시아 필 때가 아니던가
갈아엎은 논엔 모내기 한창이고
소쩍새도 울어제낄 시간 아닌가
참다 못해 우유 하나를 사서
아침으로 때우며 또 시계를 본다
어? 새참 때가 아닌가
그렇게 버스는 오지 않고
가슴 깊숙이 토큰이나 짤랑이며
나의 농사는 끝이 난다
먼 산 가득
아카시아 피는구나

광화문에서 버스를 기다린다

거리의 노란 얼굴
너도 숨이 차니
폐에 고름이 있니
거리의 은행나무
너도 카나마이신 주사를 맞니
너도 이유 없이 누군가 밉니
너도 누군가 그립기도 하니
아직
나무가 나무답게 사는 세상 기다리니
삭풍에 휘날리더라도 네 땅 그립니
늙어 쓰러지면 다시 누군가의 살과 뼈 되고 싶니
아이도 낳고 싶겠지
너도 달려가고 싶니
너도 발 뽑아 달려 보고 싶니
먼지에 그을린 은행나무
너도 숨이 차니
버스를 기다리다 주저앉아 너를 본다
너는 그래도 이렇게 앉은 내가
부럽겠구나

목마와 노인

냉장고에서 시든 상추 꼭꼭 펴서
막장 발라 점심 때운다
궁할 때면 나타나는
창밖의 목마 태우는 노인
유치원서 돌아온 아이 단속하고
스피커 소리 좀 줄이라고 나서면
노인은 또 사주팔자 봐주겠지
잘살 팔자라 말하겠지
병아리 같은 아이들 틈에 서서
내 손바닥도 다시 훑어보겠지
그리고 했던 소리 또 하겠지
가는 귀 먹어 동요 소리 큰 줄 모르고
눈 어두워 사람 기억 못하는
아이들 목마 태우는 노인
그래도 동전 꼭꼭 챙기는 여름날
유치원서 돌아온 아이의 기를 꺾어놓고
시든 상추에 막장 발라
어린 입에 쑤셔 넣어준다

기러기

눈 먼 장님들 손에 손잡고
갈 소풍 가는구나
갈대숲 깔아뭉개며
솜구름 툭툭 치며
눈 먼 동무들
갈 소풍 가는구나

우린 언제 저렇게
눈 멀어 가을 소풍 가나

어머니

시쳇말로 나는 마마보이였다
태생부터 모질게 태어나
내 나이 스물이 넘도록
미음을 떠 먹이고
장가를 가서도 며느리 앞에서
반찬을 여며주던 어머니
나는 어머니 인생의 업이며 악령이었다
악연이었다 태어나지 말았어야 할
나였다
내 숨소리 끊이지 않는 한
어머니 한숨 소리 끊이지 않고
나 또 다른 업으로 마른 침 삼킬 때에
어머니 눈가 마르지 않았다

육아일기

요플레, 우유 한 잔, 빵 한 조각
어렵게 성찬을 준비하면 아이는
젖은 얼굴에 외면하고, 가방 메고
바삐 문 밖을 나서 유치원 간다
서운하다
아이의 공복과 뒷모습에서 떠오르는 나의 유년
그때도 먹을 것은 있었으리라
그때도 사랑은 있었으리라
그때도 누군가 서운한 마음으로
이렇게 서 있었으리
그러나 예나 지금이나
우리는 늘 공복이다

저 풀들은 어디서 어떻게 자라왔는가

그 아이의 연대기

1959년 12월 어느 날
음력 섣달 그믐, 하얗게 눈 쌓이던 날에
뒷산에서 부엉이 울고 방 따뜻하던 날
한 사내아이 태어나 울다
우는 아이 보고 모두 웃다

1963년 5월 어느 날
김포 벌판의 끝, 활주로 위로 비행기 날다
아이는 그 큰 새를 바라보며 힘차게 울다
할아버지 논둑에 나와 곰방대에 불을 붙일 때
발 아래 노랗게 핀 민들레 보고 울음을 그치다

1965년 7월 어느 날
뚝방에 앉아 누이의 벗은 몸을 보다
서넛이 코를 움켜쥐고 물 속으로 뛰어들다
한참 만에 떠오르는 누이를 보고 아이 울다
누이의 손을 잡고 소를 몰며 돌아오다

1968년 8월 어느 날
때까치 집에 오르다 떨어져 울다

낮잠에 때까치 나타나 아이의 머리를 쪼다
저녁 먹고 삼촌따라 들길로 나가 어떤 여자 만나다
둘이 시시덕거리는 동안 아이 별을 세다

1969년 9월 어느 날
메뚜기 볶아먹다 기름병 깨뜨리다
회초리 맞고 아이 울다
붕어 잡아 고추장에 찍어 먹고
들에 나가 뜸부기알 주워서 칭찬받다

1972년 10월 어느 날
뒷산에 철조망 쳐지고 '입산금지' 팻말 붙다
철조망 뚫고 올라가서 놀다가 군인에게 걸리다
내무반에서 벌 서고 아이 울다
라면 얻어먹고 내려와 다신 산에 안 가다

1975년 8월 어느 날
뚝방에 '수영금지' 팻말 붙고 물 색깔 변하다
할아버지 돌아가시고 아이 울다
농약중독이란 말 뜻 모르고

농사를 대신 지으리라 아이 결심하다

1978년 2월 어느 날
여자친구 데려와 밤에 논길을 걷다
아직 별 반짝이고 들판에 풀냄새 나지만
벼 베인 논엔 코카콜라병 굴러다니다
안녕이란 말 듣고 아이 뚝방에서 울다

1980년 4월 어느 날
새마을운동으로 동네 홀딱 뒤집히다
듣도 보도 못하던 물 동네 앞에 흐르다
대학 1학년, 아이 교문 나서다 최루탄 연기에 울다
동네 사람들 하나 둘씩 마을 떠나다

1982년 5월 어느 날
아직 참새 몇 마리 마당가에서 놀고
신작로 아스팔트 깔리다
방위병 되어 얻어터지고 아이 울다
외지 사람들 들어와 큰 집 짓고 도사견 기르다

1985년 6월 어느 날
옛 친구 고향 찾아 구멍가게에서 맥주 마시다
공장 다니는 그 친구와 술에 취해 이유 없이 아이 울다
뒷산에 소나무 하나 둘씩 죽어 가다
물가에 죽은 고양이 썩어 가다

1987년 12월 어느 날
첫 출근 위해 정류장에 서다
버스 오지 않고 물가에 악취 풍기다
첫눈 오시는 날 꿈 속에서 새의 울음소리 듣다
아이 더 이상 울지 않다

1989년 7월 어느 날
길 넓혀지고 창문 열지 못하다
손바닥만한 땅 팔라고 거간꾼 늘어붙다
뒷산 깎이고 아파트 들어서다
이곳 저곳 땅 때문에 형제들 싸우다

1991년 4월 어느 날
아이 장가 들어 아내 데리고 들길로 나가다

맑은 물 흐르던 곳
아무리 설명해도 아내 믿지 않다
아내, 땅 판 것만 아쉬워하다

1992년 6월 어느 날
마을에 공장 들어서다
아이, 아이를 낳고 그 아이 데리고 물가로 가다
아이의 아이, 물 빛은 원래 검은 빛으로 알다
생수값으로 아내와 다투다

1995년 3월 어느 날
아이 실직하고 돌아와 농사를 그리워하다
아내와 아이의 아이 울다
꿈 속에 아이, 때까치 소리 듣다
우물가에서 맑은 물 한 잔 얻어먹는 꿈꾸다

4

다시 태어나기야 하겠냐마는

이 엉킨 실타래 같은 세상에
다시 태어나기야 하겠냐마는
다시 태어난다 해도
나는 내가 먹던 일장춘몽을
먹으리라 헤매리라
얼굴 고운 아이 찾아 벗을 만들고
문간방에 다시 구멍가게를 차리리라
벗들 찾아오면 사탕 하나 내어주고
나의 헛된 공치사 들으리라
눈내리는 밤의 구공탄이라니
세상만큼 따뜻한 아랫목에 움을 트고
편지를 쓰리라
'나 지금 당신을 사랑하고 있어요
나 지금 당신과 사랑하고 싶어요'
흰 눈 내리면 그냥두리라
눈길 밟으며 지나는 사람들의
어깨를 바라보며
노래하리라
삶은 저렇게 가벼운 것이니
내게 주어진 환희의 만찬

그중에 나는
일장춘몽을 먹었다네
일장춘몽은 맛있었다네

우리들은 왜 따오기를 그리워하는가

평화만들기에서 거나하면 우리는
보일 듯이 보일 듯이 보이지 않는
따옥 따옥 따오기를 노래부른다
그리고 막판에 딸꾹 딸꾹하며
인사동 골목을 나선다
고향 떠나듯 어둠을 빠져나와
멀리 멀리 떠나고 싶어하지만
끼니처럼 그 골목에 다시 들어서
우리는 또 따오기를 그리워하고
이씨 왕조가 그랬듯이
인사동 골목을 빠져나오지 못하고
망해서나 떠날 것이다 거기서
왜 우리는 그까짓 것, 떠나간 따오기
달구도리, 켄터키 치킨만도 못한
따오기를 연신 불러제끼는 걸까
있을 때 잘해야지
하아, 이별 뒤의 사랑이라
아들 딸 잘 낳고 사는 여자 불러놓고
이제 와서 뭐 하자는 수작인가
이제 우리는 평화만들기에서 거나하면

꼬꼬댁 꼬꼬댁, 암탉을 잡으려다 놓쳤다네 하며
흔한 닭 노래나 부를 일이다
그리고 지금 움켜쥔 가슴 젖은 손이나
놓지 말아야 할 일이다

이젠 조금 웃어야 할 때

어느덧 해는 기울어 서산으로 간다
구절양장이 눈 밖이구나
넋 놓던 벗들도 머리 끝이 아련해
갈대숲 속에서 남은 바람이 용을 쓰는
지금은 조금 웃어도 될까

깃발도 강둑을 건너고
강물은 정액처럼 소리를 낸다
안개
안개로 하여 마음의 활주로
쉬고 있음, 하여
그 길로 날아간 여인들 그립지 않음
서치라이트도 빛을 잃고
사금파리만 가끔 발끝에 와닿음

나는 아직 모른다
왜 삶이 투쟁이어야 하는가
왜 인생엔 혁명이 필요한가
그리고 안과 밖
사과 열매는 상처를 남기는가

모두가 떠나간 지금
뚝길에 앉아 제 어깨 주물러 가며
마음껏 숨 한 번 들이쉬고
혀 끝 씁쓸하게나마
이젠 조금은 웃어도 될까

낯달

되새떼 날아
초생달 보이지 않네
굴뚝 연기 올라
되새떼 흩어지네

그럼 그렇지
낯달이 앙칼진 오늘

민통선

해가 지는 민통선은
해가 뜨는 민통선보다 밝다
그게 전부다
멍청한 세월이 닭서리하듯
멍청한 닭들을 잡아먹고
그게 전부다
목숨 잃은 눈빛들이 하나 둘
꾸어온 보릿자루로 섰고
날이 밝는 민통선은
날이 지는 민통선보다 어둡다
그게 전부다
태양의 열기, 달빛 교교한 사랑
모두가 푹푹 썩어 버린 뒤
허리 잘린 갈대가 이를 증거하는
오른팔과 왼팔의 어색한 춤
그게 전부다

민통선은 바로 우리가 움켜쥐고 있는
다름아닌 우리가 놓지 않는,
아……

낯짝도 모를 자식의 자식을 위해
한 가닥 삶을 버려야 하다니

시가 안 되는 날엔

무작정 말이 가는 길을 따라가다간
말발굽에, 뒷발질에 치이네
그러면 몸이 논둑에 처박혀
말을 듣지 않을 것이네
말놀음이란 육자배기와는 다른 것
제멋에 겨워 말 많이 하다가
다친 이 많지
말이 안 되는 날은
말없이 누워 자는 말이 예뻐 보이지

굴레

산과 들을 떠나오면
또 다른 산과 들이 가까이 보인다
황야와 두꺼운 벽
지붕은 낮지만 만만치가 않다
우리들의 터는 이렇다
일층은 변태이발소
이층은 아이들이 노는 놀이방
삼층은 교회
언제나 뜨거운 열기가 푹푹 쏟아진다
한낮, 한 집안, 한 시각에 다함께
씩씩대고 재잘거리고 묵상하는 것이다
숨소리 서로 다르지 않다
그 두꺼운 벽 사이로
황사바람이 분다
그러나 이 산과 들을 외면하면
보이는 곳은 더욱 많은 산과 들이다

하늘은 세상을, 삶을 모르는
미숙아, 그래서
하늘이 놀랍게 푸르다

너, 21세기는 죽었다

푸른 별 이후
끊임없이 이어지던 오랜 역사가
우리 시대에 끝이 났다

김포 벌판 가득 쌓이던 흰눈이 사라지고
집앞 냇가에 용을 쓰던 민물장어
논뚝에 방만하던 메뚜기가 우리 시대에 사라졌다

하필이면 그 오랜 시간 가운데
왜 우리 시대인가

우리는 빙하기에 살고 있다
모두가 죽어 가고 있는 것이다
새롭다지만 21세기, 너는 죽은 몸이다
새로 태어날 사생아다
이제 우리에게 남은 건 차가운 별
태양계에서 가장 아름다운 별이
하필이면 이 시대에
죽은 것이다

거기, 발목이 아프다고 하는 사람

야윈 발목 잡힌 채
평생 녹슨 계단이나 오를 일이야
태양계에서 가장 아름다운 별
푸른 별 지구에서 오늘도 꿈을 꿔
누군가 물기 촉촉이 적셔놓은 계단을
오르고 또 오르는 아침
귀뚜라미 울음소리 끝나면 햇살이 쏟아지니
이곳은 발목이 시려 누워 있는 곳
나는 누워서도 계단을 오르지
이제 되돌아오는 편지도 지겨워
차라리 주소를 옮겨 볼까
아니면 계단에서 몸을 던져 볼까
나는 이런 저런 생각으로 하루를 보낸다
유난히 발목이 아플 땐 위장약을 먹지
위안이 돼, 다시 세상은 약간의 희망을 보여주고
사랑했던 사람들의 속삭임 들려주지
그러나 희망이란 어둠 속의 날개
영화는 끝나고 다시
새로운 거리의 밤이야

동해에서 길을 잃어

저 구름 미쳐 날뛰는 장마철이다
우산도 없이 피뢰침도 없이
대관령 너머 바다로 간다
저 바다 미쳐 날뛰는 포구에 앉아
마음 다스려 등대를 본다
사라졌다 다시 떠오르는 얼굴
아 나는 끝내 길을 잃었구나
길을 잃고 굽이치는 물살에 밀려
긴 잠과 어둠에 묻히는구나
쉬지 않고 비는 내리는데
내 마음 미쳐 날뛰는 여름날이다

석양을 먹고 돌아오다

유년의 내겐 집이 있었습니다
짚으로 된 집이었습니다
가을걷이 끝난 들판의
낟가리에 움을 트고
한나절을 그 속에서 따뜻하게 보냈습니다
그 집은 정말 따뜻했고
무엇보다 꿈이 있어서 좋았습니다
문 틈으로 멀리 활주로를 차고 오르는
비행기에 새로운 창과 신세계와 또 다른
별을 보았습니다
석양이 찾아들면 잠시 집을 떠나지만
그 시절 내겐 집이 있었습니다
지금도 내겐 집이 있습니다
들길도, 비행기도,
푸른 별은 보이지 않지만
먼 여행에서 길을 잃고 헤매이는
방랑자에게 맑은 물 한 잔 건네주는
사랑하는 이의 집입니다
나 한동안 길을 잃고 헤매이다
석양을 머금고 돌아왔으니

이젠 먼 길 떠나지 않습니다

죽음 이후

환각에서 깨어나는 날
비로소 생은 아름다우리

되돌아본다는 것은
또 다른 환상의 시작이며 갈무리
그러나 죽음은 빠르고 경쾌한
단 한 번의 행진
저 광활한 어둠의 세계에서
밝게 빛나리

삶이란 강변에 피어오르는 안개
안개 속에 무거운 발걸음
나 환상에서 놓여지는 날
생은 비로소 아름다우리

묘비명

기억해다오 벗들
나의 노래 나의 눈물
나의 빈 손
그리고 한 줄의 묘비명을 써다오

잎새 푸른 가지 끝

시작을 알리는 종소리

발자국이 다시
신발 밑창으로 돌아가려 해
코스모스도 키를 줄이고
해는 동쪽으로 기울어
그럼 너와 나는 다시 시작이야
눈물나겠지
연기가 다시 굴뚝으로 들어가고 있어
아황산가스를 들이키며 달리는 자동차
떠나간 벗들의 얼굴이 돌아와
따뜻한 겨울이야 하지만
모든 게 낯설어
발자국이 다시
신발 밑창으로 기어들어가
이제 시작이야

삶이란 빗줄기와 같은 것
멀어질수록 가까워지는
텅 빈 지금이 우리들의 삶은
사랑은 시작이야

일상이 일상이 아니다

아침에 눈을 뜨면
오늘은 지난 생에 대해 정리해 보리라 다짐한다
그러나 해가 지면
삶은 다시 지리멸렬해진다
애당초 주어진 몫도 없고
남의 인생을 조금씩 도둑질하며 살아 가는 느낌이다
아이의 손을 잡고 걷다가
아이의 손에서 전해오는 온기에
소름이 끼친다
사람의 따뜻한 온기를 잊고 사는 것이다
옆집 사내의 울음소리만이 위안이다
얼굴 모르는 그가 진정한 이웃이다
사랑을 고백해 보았으되
사랑으로 돌아온 적은 없듯이
일상이 일상이 아니다

자궁을 나설 때부터
이별의 시작이다
한평생 떠나는 연습이나 하다가
힘겹게, 아쉽게 버림받는다

가엾은 우리네 인생이라니
밤 하늘에 빛나는 별을 우러러보았으나
그 별을 끝까지 지켰다는 사람은 없다
거짓으로라도
생을 아름답게 포장하고 싶다
이미 알아버린 눈빛들이 두렵다
일상의 한 번만이라도
제자리에 서고 싶다

'맑은 물 한 잔'에 담긴 무한 세계

방민호
(문학 평론가)

1

　나는 이 글을 매우 불안정한 자리에서 쓰기 시작했다. 그곳에서 나는 상념을 물리치며 그의 원고를 다시 한 번 읽었다. 알 수 없다. 왜 그토록 마음 다잡는 일이 어려웠는지. 가방 속에는 늘 그의 원고를 넣고 다녔고 마음 속에는 그의 까만 눈을 품고 있었으면서도 한 달 이상을 그를 이야기하지 못했다. 그의 시를 말하지 못했다.

　알 것도 같다. 슬픔이란 참으로 나누기 어려운 것. 또 스스로 슬픔에 물들어 있을 때 남의 슬픔이란 깊이 받아들이기 어려운 것. 슬픈 함정에 빠져든 나는 마찬가지로 슬픈, 정확히 서글픈 그의 시를 독해할 힘이 없었다. 감상할지언정 독해하고 싶지 않았다. 영혼이 빠져나간 멍한 눈으로 그의 시들, 그의 까만 눈가에 어린 물빛을 보며 내 슬픔만을 곱씹고 있었다. 새벽처럼 명징한 눈, 가늘어 섬세한, 0.3밀리 연필선을 그을 수 있는 눈. 지금 내겐 그

것이 필요하다. 그렇다면 나는 운 없는 그에게 또 하나의
작은 불운이 되고 마는가.

2

'맑은 물 한 잔'은 그의 영혼의 바로미터. 이 시집 많은
곳에서 나는 또다시 그 '맑은 물 한 잔'을 만난다(〈그 아
이의 연대기〉〈꽃뱀〉〈물 한 잔의 추억〉〈사랑과 혁명 2〉
〈종각에서 탑골까지〉). '맑은 물 한 잔'. 비어 있으면서도
비어 있지 않은 잔. 그의 주먹. 비어 있으면서도 비어 있
지 않은 주먹. 그의 눈. 비어 있으면서도 비어 있지 않은
눈. 그리고 '잎새 푸른 가지 끝', '기억해다오 벗들/나의 노
래 나의 눈물/나의 빈 손/그리고 한 줄의 묘비명을 써다
오∥잎새 푸른 가지 끝'(〈묘비명 전문〉). '잎새 푸른 가지
끝'에 매달린 것은 무엇인가. 그것은 허공, 그 역시 비어
있으면서도 비어 있지 않은 세계가 아니던가.

그러므로 '맑은 물 한 잔'에는 시인이 지향하는 세계가
담겨 있다(〈그 아이의 연대기〉 마지막 연). '잔'이라는 유
한성 속에 담긴 물의 무한함, 자유로움, 비록 갇혀 있지만
자유를 꿈꾸는 것, 비록 개화산 자락 밑에 살지만 세계를
품고 싶은 것, 비록 절망에 처했지만 희망을 기다리는 것.
가볍고 작은 '맑은 물 한 잔' 속에는 시인의 비월에의 꿈
이 담겨 있다.

여기서 '잎새 푸른 가지 끝'에 다시 한 번 주목해야 한
다. 그것은 '맑은 물 한 잔' 속에 담겨 있던 시인의 꿈을

전혀 새로운 표현으로 드러낸 것이다. 아니, 그 꿈을 한 차원 더 심화시킨 것이다. 여기서는 '잔'이라는 말이 표상하는 유한성이 존재의 처소성에 대한 통찰로 한 차원 더 추상화되고 있으며('가지 끝'), 그런 존재가 푸르름, 즉 이상에의 투명한 긴장을 잃지 않을 때 한계지워지지 않은, 자유로운 세계를 획득할 수 있다는 인식으로 나아가고 있다. '가지 끝'에 매달린, 비어 있으면서도 비어 있지 않은, 비어 있지 않으면서도 비어 있는 세계를 상상해보라. 이것이 이 시집에 담긴 그의 지향점인 것이며, 따라서 그의 〈묘비명〉이 되어야 했던 것이다.

그러나 이 '맑은 물 한 잔'의 상상력에는 서글픔이 담겨 있다. 그리고 그것은 그의 첫 시집 《김포행 막차》(90. 4)와 두 번째 시집 《우리에게 사랑이 있다면 그것은 눈물로 가득 채울 하늘》(92. 3 이하 《우리에게》)에서는 찾아보기 힘든 것이었다.

〈지리산 강샌의 하루〉와 같은 시가 보여주듯 《김포행 막차》에서 시인은 내 고향 아닌 곳, 나 아닌 이들과 내 고향, 나와의 동일화를 능히 이루어낼 수 있었다. 이러한 동일화는 비록 거의 주목받지 못했지만 양색시의 세계를 〈여인의 노래〉와 〈사내의 노래〉 연작을 통해 의욕적으로 형상화한 《우리에게》에서도 돋보였다. 물론 이 같은 동일화는 당시 '민중적 서정시'에서 일반화된 경향이었고, 이후 비판의 주요 대상으로 떠오르기도 했다. 그러나 민족문학, 민중문학의 공과에 대한 평가를 둘러싼 논의들이

주의하지 않으면 안 되는 것은 그 모든 요소들이 긍정적이지만은 않았듯, 또한 동시에 부정적이지만도 않았다는 점이다.

박철의 경우《김포행 막차》에서의 〈김포〉 연작이나《우리에게》의 연작 전체가 보여주듯 그 같은 동일화에의 시도는 매우 진지하고 의지로운 것이었다. 특히 〈김포〉 연작은 평범한 자신의 고향을 민중적 삶의 고향으로(〈김포 1〉), 그 삶들의 '역사'의 현장으로 끌어올리고자 한, 지속적인 시도가 아니었던가. 그만큼 그 무렵의 시인은 몸과 마음이 모두 젊었고 동시에 거침 없는 면모를 지니고 있었다.

그러나 지금 그의 '맑은 물 한 잔'에는 서글픈 빛이 감돈다(이재무에게서도 나는 그와 유사한 서글픔을 보았다. 그의 〈피아노〉와 이 시집의 〈풍금 소리〉를 비교해보기를). 그렇다면 그러한 감정은 무엇이며 어디에서 연유하는 것인가. 〈봄날〉은 이를 헤아릴 수 있게 해준다.

그 밤 이후
그러니까 연분홍 치마가 봄바람에 휘날리더라
봄날은 간다 이런 노래를 부르던 끝에
주먹다짐을 하고 돌아온 날 이후
꿈 속에 늘 물이 보인다
이부자리를 겨우 찰랑이며 물이 넘치는데
그게 바로 누군가의 눈물인 것이다

눈물은 마를 듯하다가도
돌아누우면 눈앞에 흐른다

연분홍 치마가 휘날리고
술 취해 주먹다짐을 하던 그 봄날에
누군가는 그렇게 울고 있었나 보다

―〈봄날〉 전문

이와 같은 시를 연시로만 읽지 않음은 어쩌면 상식이
아닐까. 여기서 봄날이 무엇을 의미할 것인지는 그러므로
굳이 밝히지 않아도 좋겠다. 봄날은 갔고 봄날처럼 사랑
은 갔다. 사랑은 봄날과 함께 와도 봄날보다 늦게 떠나는
법. 사랑은 봄날보다 늦게 떠났고 가버린 사랑은 봄날의
흔적으로만, 그 흔적의 흔적, '누군가의 눈물'로만 그의 곁
에 남았다. 그리하여 모든 소중한 것들은 가고 그 흔적들
만 남았다. 이것이 그의 서글픔이나, '꿈 속에 늘 물이 보
인다'. 그러나 이 시만으로는 그 같은 정서를 충분히는 설
명할 수 없다. 여기서 나는 〈챔피언과 시인〉으로 건너뛴
다.

가장 아름다운 별에서
가장 늦게까지 불을 밝히는
지상의 한 칸은 챔프소주방이다
한때 동양챔피언으로 종횡무진

세상을 넘나들던 그가
주방에서 나올 때 시인은
지하실의 문을 밀고 들어선다
가장 늦은 시간, 아니면 이른 시간
가슴 얇은 사람들의 소란은 계속되고
그 나루터에 석화 한 접시, 소주 한 병
그리고 시냇물이 흐른다
시냇가에서 시인의 눈이
풀어지기 시작할 때
챔피언이 슬며시 물가에 마주한다
항용 그러듯 챔피언은 시인의 손을 잡는다
세상을 살기에 우리의 손은 너무 불편하다
아, 그러나 젠장 이 지구가
가장 아름다운 별이라니
시인이 주춤주춤 카운터로 갈 때
챔피언은 다시 주방으로 들어간다
이제 챔피언의 링은 주방이고
시인은 늘 그로기 상태다
이제 세상에 그들의 체급은 없다
어디에도 주먹을 내밀 곳은 없다
단지 허공을 향한 몸짓으로
문 밖에서 서성이다 돌아가는 것이다
별똥별 하나 쓰러지지 않는 밤
누가 이기고 누가 지겠는가

—〈챔피언과 시인〉 전문

　　박철의 최근 시들에서는 특히 물이 중요하다. 이 시집 직전의 시집 《새의 全部》(95. 1)에서 그는 이미 '맑은 물 한 잔'의 상상력에 젖어들고 있었다. 〈김포에서 물 한 잔〉〈친구와 물 한 잔〉〈그대에게 물 한 잔〉〈물 한 잔과 부슬비〉〈나는 강화도령에게 물 한 잔을 주었다〉 등이 그것이다. 어쩌면 그는 자신의 정서 상태를 물 또는 물 한 잔으로 우려내는 데 익숙해져 버렸는지도 모른다.

　　이 점에서 볼 때 《새의 全部》에서의 시인의 마음을 가늠할 수 있게 해주는 것이 〈그대에게 물 한 잔〉일 것이다. '우리가 기쁜 일이 한두 가지이겠냐마는/그중의 제일은/맑은 물 한 잔 마시는 일/맑은 물 한 잔 따라주는 일/그리고 당신의 얼굴을 바라보는 일'이라는 짧은 시행들은 시인에게 아직 사랑이 함께 했을 무렵의 평온함을 보여준다. 이때의 '맑은 물 한 잔'은 '기쁜 일' '중의 제일'이며, 그러므로 아직 다른 '기쁜 일'들이 그의 곁에 있었다. 그러므로 시대적으로는 이미 절망에 접어들었으되 그는 아직 시대만큼 절망적이지는 않았다.

　　앞에서 나는 박철이 운 없는 시인이라 했는데, 그것은 빈 말만은 아니었다. 그의 시간은 시대의 시간보다 약간 늦다. 이는 그가 시대의 조류를 민감하게 포착하지 못한다는 것이 아니라, 사라질 운명에 처했지만 아직 사라지지 못한 것들에 연연해 하고 시선을 거두지 않는(김포의

이야기, 개화동의 이야기들이 대부분 그러하다) 그의 성품이 그를 약간 늦은 시간을 사는 시인으로 만드는 것이다. 이것이 그의 약점만은 아니며, 그 또한 이를 굳이 바꾸려 하지 않는다는 점에서, 그러나 이 때문에 그는 그다지 주목받지 못해 왔다는 점에서 그는 운 없는 시인인 것이다. 그런 시간상의 지체 아닌 지체 탓에 《새의 全部》 무렵 그의 물은 아직은 고통을 가시게 할 수 있는 주술적 힘을 간직하고 있었다.

그러나 이제 이 시집에 오면 그의 물, '맑은 물 한 잔'은 불과 일년 전인 《새의 全部》 무렵의, 그 힘에 대한 회상과 향수를 보여줄 뿐이거나, 또는 애초의 투명함을 상실할 위기에 빠져 있다. 〈챔피언과 시인〉은 그러한 물의 상태를 역력하게 드러낸다. 그는 여기서 챔프소주방을 '시냇가' '나루터'로 표현한다. 역시 물이 흐르는 곳이다. 그러나 그 물은 지하에서 흐르는 물, 쓰디쓴 절망의 물이다.

챔피언과 시인이 처한 지독스럽게 아이러니컬한 상황을 보라. 왕년에 주먹의 챔피언이었던 챔프소주방 주인과 어릴적부터 '주먹을 날리고 싶었던'(〈낙서, 유년〉) 시인. 그러나 이제 그들의 링은 사라지고 없다(이제 세상에 그들의 체급은 없다/어디에도 주먹을 내밀 곳은 없다). 싸워야 할 대상도 지켜야 할 가치도 존재하지 않기 때문이다('별똥별 하나 쓰러지지 않는 밤'). 그리하여 이제 지상에서는 잉여의 존재가 된 듯한('세상을 살기에 우리의 손은 너무 불편하다') 그들의 주먹질은 '허공을 향한 몸짓'

에 지나지 않을 뿐이다.

이처럼 박철의 물은 무겁고 불투명한 이미지를 지닌 것으로 '추락'하지 않을 수 없는 것이다. 〈챔피언과 시인〉의 이 물은 〈봄날〉의 물, 예컨대 '이부자리를 겨우 찰랑이며' '넘치는', 시인을 가두는 물과 상통하는 것이 아닌가.

결국 내가 말하고 싶은 것은 시인의 서글픔에는 우울하기 그지없는, 아이러니컬한 상황에 빠진 그 자신에 대한 인식이 깔려 있다는 것이다. 서글픔이란 곧 아이러니컬한 슬픔인 것이다. 이상과 희망을 품고 살아왔건만 어느새 자신도 모르게 절망적 상황에 빠져버렸다는 자신의 삶의 아이러니에 대한 인식은 〈낙서, 유년〉 〈낙서, 성년〉과 같은 시에서도 나타나고 있거니와 이로 인한 서글픔은 〈그〉나 〈새벽 시인〉 같은 시에서는 지독한 환멸, 자기환멸로까지도 표출되고야 말 정도로 쓰디쓴 것이라 할 것이다.

3

그는 서글픔과 환멸감 속에서 자신의 삶을 곱씹는다. '만 36년 7개월 만에 고향을 떠'나 연립주택에 입주해야 하는 자신의 소시민적 행로에 가슴 아파하기도 하고(〈달개비가 죽어 간다아……〉), 어찌할 수 없는 무력감 때문에 황지우의 〈새들도 세상을 뜨는구나〉를 연상케 하는 탈 피욕에 잠시 마음을 맡기기도 하고(〈기러기〉), 개화산을 떠나 동해까지 표랑하며 '아 나는 끝내 길을 잃었구나' 하는 절망의 확인에 그치기도 한다(〈동해에서 길을 잃어〉).
그리고 이 모든 상실감들은 〈너, 21세기는 죽었다〉와 같
은, 세기말적 상상력으로 치닫기도 한다.

이 시에서 21세기는 시작하기도 전에 벌써 죽어버렸다
(새롭다지만 21세기, 너는 죽은 몸이다/새로 태어날 사생
아다). 여기서 나는 시인 자신의 시의 고향 '김포'의 '소
멸'에서 '푸른 별'의 죽음으로 치닫는 상상력이 다소 부담
스럽지만(김포벌판 가득 쌓이던 흰눈이 사라지고/집앞 냇
가에 용을 쓰던 민물장어/논뚝에 방만하던 메뚜기가 우리
시대에 사라졌다//하필이면 그 오랜 시간 가운데/왜 우리
시대인가//우리는 빙하기에 살고 있다/모두가 죽어가고
있는 것이다), 이 종말감 자체에는 큰 이의를 달고 싶지
않다. 지금과 같은 시대라면 시인은 얼마든지 세기말적
상상력에 휘말릴 수 있다. 오히려 중요한 것은 종말감 자
체가 아니라 역사가 당연히 계속되리라는 인식과 어찌할
수 없이 찾아드는 종말감 사이의 모순을 어떻게 시적으로
지양할 수 있는가 하는 것이다. 그렇다면 이 시집에 그런
지양의 가능성은 존재하는가 혹은 엿보이는가.

이 대목에서 나는 본다, 서글픔과 환멸감으로부터 벗어
나려는 외로운 노력을. 절망적 감정에 빠진 성찰의 힘을
구해내려는 힘겨운 싸움을. 〈낮달〉과 같은 시는 이러한
노력, 싸움이 얻어낸 소중한 성과일 것이다.

되새떼 날아

초생달 보이지 않네
굴뚝 연기 올라
되새떼 흩어지네

그럼 그렇지
낮달이 앙칼진 오늘

—〈낮달〉 전문

짧은 시행으로 이루어진 이 시는 이 시대를 '낮달이 앙칼진 오늘' 속에서 상징적으로 포착함으로써 〈너, 21세기는 죽었다〉보다 한 차원 높은 경지를 보여준다. 여기서 시인은 '낮달이 앙칼진 오늘'에 의해 구애되어 있지 않다. 그 또한 구애되지 않은 것은 아닐 것이로되 이 정관의 순간만큼은 그는 자유로운 존재로 서 있는 것이다.

그런데 이 같은 시행의 표현은 〈묘비명〉의 '잎새 푸른 가지 끝'과도 통하는 것으로서, 박철의 시가 이전의 시집들과는 다른 양상으로 펼쳐질 수도 있음을 시사하는 것이다. 《김포행 막차》 이후의 작업들은 어쩌면 《김포행 막차》의 성과를 소진해 가는 면이 없지 않았던 것이 아닐까. 〈낮달〉이나 〈묘비명〉과 같은 짧은 시행의 시들은, 절망의 시공간을 차갑게 응시하면서 그 너머 세계로의 초월을 지향하고 있다는 점에서 그의 시의 새로운 차원으로 이해될 수 있다. 물론 이러한 시들이 시대의 '결을 거스름'에 있어 얼마나 효과적일지는 아직은 미지수라 해야 할 것이다. 이미 몇몇 시인들이 이러한 시들을 실험하고 있음을 떠올리지 않을 수 없으며, 이 새로운 경향이 과연 박철의 개성을 온전히 드러낼 수 있는가 하는 문제가 남아 있기 때문이다. 하지만 나로서는 이 새로운 상징성이 〈광화문에서 버스를 기다린다〉나 〈이젠 조금 웃어야 할 때〉와 같은 시들에서 그가 추구하고 있는 희망에 거름으로서의 역할을 할 수 있으면 한다.

그러나 한편으로 나는 〈낮달〉이나 〈묘비명〉이 〈죽음 이후〉와 같은, 무한 세계로 안착하는 것보다는 〈석양을 먹고 돌아오다〉와 같이, 그의 시의 원래적 개성과 결합하여 유한 세계 속에 숨은 무한 세계의 발견으로 나아가기를 기대한다. 그는 '김포'의 시인이자 동시에, 그 속에서 인간적 삶의 원형을 발견하고자 했던 시인이기 때문이다. 〈석양을 먹고 돌아오다〉에서 '집'이 갖는 독특한 울림, 이것은 박철만이 우리에게 선사할 수 있는 것이 아닐는지. 이곳에서 그의 '물 한 잔'은 다시 투명한 빛을 얻는다.

유년의 내겐 집이 있었습니다
짚으로 된 집이었습니다
가을걷이 끝난 들판의
낟가리에 움을 트고
한나절을 그 속에서 따뜻하게 보냈습니다
그 집은 정말 따뜻했고
무엇보다 꿈이 있어서 좋았습니다

문 틈으로 멀리 활주로를 차고 오르는
비행기에 새로운 창과 신세계와 또 다른
별을 보았습니다
석양이 찾아들면 잠시 집을 떠나지만
그 시절 내겐 집이 있었습니다
지금도 내겐 집이 있습니다
들길도, 비행기도,
푸른 별은 보이지 않지만
먼 여행에서 길을 잃고 헤매이는
방랑자에게 맑은 물 한 잔 건네주는
사랑하는 이의 집입니다
나 한동안 길을 잃고 헤매이다
석양을 머금고 돌아왔으니
이젠 먼 길 떠나지 않습니다
―〈석양을 먹고 돌아오다〉 전문

너무 멀리 걸어왔다

첫판 1쇄 펴낸날 · 1996년 10월 21일

지은이 · 박철
펴낸이 · 김혜경
편집주간 · 김학원
기획실 · 김수진 조영희
편집부 · 한예원 김선경 임미영
디자인 · 장찬희 김진
영업부 · 이동혼 엄현진 강진호
관리부 · 권혁관 임옥희 최미선
인쇄 · 백왕인쇄
제본 · 정민제본

펴낸곳 · 도서출판 푸른숲
출판등록 · 1988년 9월 24일 제 11-27호
주소 · 서울시 서대문구 충정로 2가99-3
　　　 동신빌딩 4층, 우편번호 120-012
전화 · (기획실) 362-4457~8 (편집부) 364-8666
　　　 (영업부) 364-7871~3
팩시밀리 · 364-7874

ⓒ 박철, 1996

값 3,500원
ISBN 89-7184-125-7   03810

* 이 시집은 문예진흥기금 수혜로 지원 발간되었습니다.